避庐诗草

刘卫国 著

中国书店

图书在版编目（CIP）数据

避庐诗草 ／ 刘卫国著. —北京 ：中国书店，2024.
7. — ISBN 978-7-5149-3606-3

Ⅰ. I227

中国国家版本馆CIP数据核字第2024X958L8号

避庐诗草

刘卫国 著

责任编辑：赵小波

出版发行：中国书店

地址：北京市西城区琉璃厂东街115号

邮编：100050

印刷：北京市艺辉印刷有限公司

开本：880 mm×1230 mm 1/32

版次：2024年7月第1版第1次印刷

印张：9.125

字数：183千

书号：ISBN978-7-5149-3606-3

定价：68.00元

纵然一笔序避仙

李林栋

刘卫国的诗集就要出版了，嘱我为序，自是义不容辞。

本以为知交半个世纪，对他很了解了，这篇序应该写来不难。没想到打开厚厚的《避庐诗草》清样，我竟然有不知如何下笔的强烈感觉。因为回想起来，我知道他的为人，也一直知道他写诗——自然也是偶尔看过他写的一些诗，但要说起一下子，集中地看他迄今所写的全部诗，这还是生平第一回。真的，我一下子惊呆了。

要说当今，诗不如其人，所在多矣。但要说卫国是个"诗如其人"者，这还真不是妄言，这卷《避庐诗草》的确可以作证。

首先从"避庐诗草"的这个"避"字说起。诗言志，若不是通读了卫国这卷皇皇大作，我还真是难以想到这个字。但古风盎然，诗如其人，自细读其诗后思忖，这个"避"字真可谓卫国迄今人生的最好标签。更妙的是，这个"避"字他从未跟我说过，完全是从他诗作中不断体现出来的，既实在，又诗化，因此我发现他完全可以被称誉为"避仙"——这是我观其诗而生造出的一个词语。尽人皆知，自古诗人多有诗仙、诗圣、诗魔、诗神、诗狂、诗鬼、诗佛、诗隐、诗杰等赞谓，我赞刘卫国实为一"避仙"，当不为过，亦自为可。

避，本义为躲开、回避的意思。但此处说的"避"，且从卫国这卷诗中信手拈来的几个例子来领略一下：

其一如《寄某君》：

长夜深深昼潜伏，露尽更残日复出。

有无本是天公定，嚣嚣何必论有无。

这里的"某君"是不是一个"避"字？

其二如《归隐》：

寻常市井无觅处，半隐红尘喜读书。

茶筋墨骨谁堪似，妙韵禅心料想无。

这诗的题目就是"归隐"，不仅仅说"避"。

其三为《向海行》：

离京向海觅真如，归期未定待伏出。

问君谁解此行意，半箱诗稿半箱书。

得，都"向海行"了，而且"归期未定"，这不是"避"是什么？

其四为《夜思》有言：

繁华非本意，虚静得仙踪。

耕读复晚钓，回归大道中。

这里的"回归"即是"避"矣。

其五为《禅悟》：

登临日当午，随机入太浮。

快乐云海中，冥冥已知处。

此诗前有"题记"，说"避"就更一目了然了："九月，乘机飞往烟台，望空中幻景，顿有所悟，偶然得诗，以记正觉。"

让我们再引本卷词的最后一首《点绛唇·清欢》如下：

鹤影飞鸿，闲时水中寻常见。抛竿晚钓，小获争无憾。　　望湖栏处，正倦鸟呢喃。云追月，青山半隐，撒一片清欢。

此诗意蕴，又何止"青山半隐"一句？但仅此一句，即名副其实为《避庐诗草》之终结篇了。

那么，序到这里，恐怕有读者要问："避"君为何要"避"，他又要"避"到哪里去呢？

这两个问题的答案还是可在他这一卷诗作中觅得。让我们先看作者究竟要"避"到哪里去：

其一如上诗《归隐》中已言"去读书"，《向海行》中亦言"半箱诗稿半箱书"，《夜思》中也曾言道"耕读"。实际上，在本卷诗稿中，作者不舍读书的诗作甚为可观，如《读史感怀》《读书（二首）》《南窗夜读》等均可明证。又实际上，我们可从其《往事》一诗中约略可知，最迟至二十岁时，他即有"青云有待"读书时的"发奋"了。也许，后来的红尘岁月，"读书"一直是他最好的"避仙"窟。他在《自题》一诗中也曾"自诩""书海寻大根"。

其二，喧嚣可避，但亲情不可无。在《清明节为父母扫墓（四首）》中，卫国"流风赶月奈何天，阴阳已隔二十年"道尽了对远去父母的不舍之情！在《贺家兄六十寿诞》中，卫国对其兄的手足之情溢于言表："性本瑶池水中莲，为宣教化降人间。风流独秀一甲子，已是行云最上边。"当然，在卫国的"不舍亲情诗"中，最显豁的还是他对"老妻"的一再歌吟，这于《病中（二首）》中"平生幸有老妻同"及《山居五韵》中"不离不弃吾夫人"等句中固可见一斑，但最完整的还是他《赠老妻》这一首："擀背疗疾此又能，木旋杖转快如风。元神归健清如意，又叫三姐成大功。"还有《八月携妻女妍山湖小住（二首）》皆不须引致，真可谓"全家福"了！

其三，"避仙"刘卫国，除了不舍读书，不舍亲情之外，也还念兹在兹地不舍友情，这可以说是他这一卷《避庐诗草》

中诗意盎然的一种悖论，这从他满纸盈篇的诗题中即可一目了然，如《谢赵勇兄赠画》《贺凤峪五十寿》《赠小平》《寄形意拳魏师傅》《送贵民回河北》《赠倪林》《为建强劝药》，等等，不胜枚举。特别是《稷园品茶得句赠班兄》中有句："明前新焙小青芽，暖语推心诚不凋。问君老来何所贵，扪虱交谊品味高。"这其中的友情之暖，已然有魏晋风度！

其四，还有一处，也是"避仙"最爱之所，那就是江河湖海与名山宝刹，这在《避庐诗草》中也屡见不鲜，熠熠生辉。如《登山（二首）》其二："绿水青山色繁多，斜阳窄道遍藤萝。远离红尘多少事，登临遥指近天河。"又如《半岛杂记（六首）》其一有言："何如分水龙宫去，揭鳞些许作诗笺。"仅从这二诗言，前远离红尘，接后揭鳞作诗，颇堪玩味，这也许就是"避仙"的本来面目吧！

看，信笔所至，"避仙"刘卫国的所"避"之处即是如此实境确凿，仙境飘飘！

此处之"仙境"当以"诗艺"言之。不为诗，何"境"仙？卫国的这卷诗作中，最贵有"诗境"在。这一点正如名家俞平伯之父诗评大家俞陛云先生在其《诗境浅说》中先引王翰《凉州词》："葡萄美酒夜光杯，欲饮琵琶马上催。醉卧沙场君莫笑，古来征战几人回。"而后说："唐人出塞诗，如归马空宅，春闺梦断，已满纸哀音。此于百战中，姑纵片时之乐，语尤沉痛。"此俞言即"意境"之所托也。

试看卫国这首《雨后观花》："一片浓艳漫沙丘，红红白白闹不休。昨夜微风细雨后，半含珠泪半含羞。"此前二句写雨前之花"闹"得很，殊为"浓艳"，而雨后之花呢？珠泪与含羞各半，不仅形象逼真，而且意趣盎然，这"观花"的"意境"真是妙不可言！

再看《惜白·紫丁香花（二首）》其二："惆怅白紫两丁香，独处道边盼折郎。芬芳馥郁媚摇枝，仍逊桃花半徐娘。"这诗不难理解，"独"处"道边"的两枝白、紫丁香，因不敌"道里"那一片虽"半老"但仍灼灼的桃花林而"惆怅"——那又如何呢？这"意境"你瞧着办吧！或许做个折郎吧？能行吗？……

不意境，非可诗。其实"意境"还有很多讲究之处，例如上引诗中的一个"闹"字，不禁让人想起宋代词人宋祁的"红杏枝头春意闹"来，何其相似，这就是意境相通最好的"仙"证吧？

"避仙"刘卫国的为人也确实有股"仙气"，这从他"避"什么之"避红尘"（见前引《登山》）中自可窥豹一斑。实际上在《赠凤峪》一诗中有"红尘觉悟直如是，坐看喧嚣好个空"，这正是"避仙"刘卫国的仙气自道。

就此搁笔。是为序。

2024 年 5 月 27 日于北京

李林栋，资深媒体人、作家、诗人、编审。曾任中华文学基金会文学部主任、中国散文诗学会总干事、《环球企业家》杂志主编等职。1991 年加入中国作家协会。现为大型社会公益组织网时读书会会长。

色彩斑斓雅韵间

——卫国《避庐诗草》序

丁文奎

　　朋友刘卫国的诗词集《避庐诗草》出版，可喜可贺。作为三十多年的京城老友，读后颇多感慨。当年与卫国初次谋面，就得知他年纪尚轻已出版诗集（新诗），此后交往中，他身上流露的洒脱、儒雅气，以及偶尔脱口而出的诗语，别有情趣，给人一种相知深交之欲望。《避庐诗草》收入了作者自20世纪90年代以来的各类诗作，题材之丰，百态千姿，世界之美，尽显琳琅。

　　行在旅程，诗酒人生，可谓该诗集的一个重要特征。作者似乎是古人"唤取笙歌烂熳游，且莫管闲愁"（宋辛弃疾），"春山多胜事，赏玩夜忘归"（唐于良史）的知音，深谙诗与远方之真谛。多年来，作者游遍祖国的大江南北、天涯海角，每年在京城外生活数月。旅行中，独特的景观风情，松弛的神态步伐，旧朋新友的热情，尤其置身海边、天空、高山的自由与广阔，无疑会触发许多诗意瞬间。如《南行杂记》十三篇七言古绝，记录了从北京到海南的一路行程，以欢快明朗的笔调，抒发心灵的悸动和情之归宿。"缘

报石门几度催""直掠长沙奔湘潭""接传前宿是梧州"等
句，直抒胸臆，追杜甫"便下襄阳向洛阳"之名句的形象描
绘，奔放淋漓之情跃然。而"众好停杯莫高举，一盘香蟹半
入喉""麻香入口玉生津"，则渲染了酒与美食同舌尖相遇
的快慰。该杂记中的"浮云乱点数峰出，行人指是九嶷山"
以及《半岛诗抄（九首）》中的"山环水绕路桥西，十里方
田鸥鹭栖""月色如钩北斗横，风花浪影共凄清"等，描绘
旅途中的浩渺、雅静、纯洁、奇妙等美景，彰显大自然的生
机活力。这些都蕴含了作者复得返自然的洒脱心情、境遇。
其捕捉的美丽与秘境，无疑是在与自然、宇宙对话中，寻找
岁月和生命的故事。

　　在作者的笔下，大自然画廊不是千篇一律的共性，而是
此时此地的"这一个"；不是概念化、外表化的表述，而是
情感过滤、心灵顿悟后的品鉴。如《雨后观花》："昨夜微
风细雨后，半含珠泪半含羞。""泪""羞"之喻，是风雨
后花仙的外表与内心的情状交融。

　　作者尤善写各种山的气魄、雄姿。《夜宿棋盘山》的山
高和夜色"楚河汉界星作子，别是仙家等闲抛"，描物、境
界均高远，若仙气环绕。《登黄山》的"日照雄峰碧影斜，
天柱嵯峨貌群岳"，道出黄山耸入云端的峰峦之奇和擎天气
势。《归山谣》中"峰峦叠翠响林涛""也叫光芒盈碧霄"，
"青岩高耸近罗仙""半宿笙歌入玉盘"，"胸中若有书千卷，
老去空山不寂寥"，则是一群文友骚朋陶醉于山光云影，狂
放不羁，诗酒销魂，对大山形象既敬畏、又享用和寄托。山

是密友，更是家园，依附之，爱恋之，归山、隐山的意旨自明。

《避庐诗草》的诸多作品给人以美感，从深层次上说，是创造了主观情思与客观景物相融的意境。作者将有代表性的意象加以组合，并辅以心境、感受，使其虚实相生，情景交融。如七言古诗《初至沽源》：

> 八月连阴临塞北，行云如黛风如摧。
>
> 平沙野阔丘山远，黄昏坐看牧人归。
>
> 旅夜帐中听微雨，残梦纷繁意霏霏。
>
> 征戍狼烟今安在，将军墓侧荒草肥。

该诗借历史陈迹，慨叹世事沧桑、古今变化，选取"塞北""平沙""野阔""丘山""黄昏""牧人""旅夜""帐中""微雨""残梦"这组意象，由"远""坐看""归""听""意霏霏"等字词串联，与怀古、沧桑的题旨吻合。尾句"征戍狼烟今安在，将军墓侧荒草肥"，是前面意象的升华，虚中见实，意境凸显，实现了如在眼前、见于言外之效。

营造意境，词语的运用还须清新、明丽、雅致，进而形成蕴藉、轻灵、飘逸、苍凉等风格，若是过于俗套、老旧、平直、口号式，就缺少美感，无意境可言，更与风格无缘。《避庐诗草》的作者深悟此理，汴重炼字炼句，追求典雅和个性诗风。如七古《滕王阁寻古》："登临一望飞落鹜，江渚流云尽远帆。乘风帝子千年去，雄台依旧倚西山。"精确、清丽，而景象阔远，时空感、沧桑感扑面而来。"落鹜"化用王勃文中句意，紧扣了滕王阁之事。而尾句"骚人雅士多遗墨，不及王勃序一篇"关合全诗，如警言横空而出，与前面的景象描写呼应，构成情景叠加、浑然一体的深远意境。其他如五古《与林栋、新艇二兄游湖》"素菊含新蕊，青藤缠老树。窄桥观云逸，宽水近天都"，七绝《谒葛洪庙》"清虚高耸入云霞，一山鸟语一山花"，五绝《东山谣》"最羡山居客，春秋不记年""浑然见日影，已然最高处"等，新颖活泼，洗练流畅，形象鲜明，攫住了表现对象的动态美、意趣美，耐人寻味。

通观《避庐诗草》，在作者眼中，世界是色彩斑斓的，其诗篇自是闪耀斑斓色彩。举凡读书、交友、送别、居家、踏春、垂钓，观雨云、度节序、入道观寺庙等，均有诗题入眼，既可大题细作，又可小题巧作。凡事以诗情度之，便有别样情态。《平安寺追忆抗日和尚》题材独到，一新耳目，诗语警人："烽火当年遗恨多，肯将金身付马革。"《赠杨焱》一句"好个巾帼大先生"，满是钦佩之意，随后"素纸轻摊笔纵横""墨骨深沉字雄劲"等句，尽显书法家的风姿。《祝雪狼部落书画展圆满成功》："笔动三江暖，墨浸黑土情。"情深意暖，呈现书画的影响力和地域时空感。就连微不足道的青花瓷也富有生命力："化入盈盈方寸间，云在水中鱼在天"（《题青花瓷盆》），静物变为灵动之物，在天空游荡，向观者游来。如此动态感，正是诗词创作者须秉持和活用的技法之一。

　　总之，卫国在《避庐诗草》中，用诗展示了他的独立思索与多彩生活。雅韵之间，是对生命意义的体悟与崇尚，对大自然的敬畏与热爱，对传统文化的钦慕与览读。这一切，都源于对美的追求。

　　作者系中华诗词学会会员，中央广播电视总台高级编辑，央广原评论员、新闻中心编辑部原领导。为 CSSCI 核心期刊《中国广播电视学刊》审稿专家，及中共中央宣传部新闻局外聘专家。出版个人诗词集《诗心旅程》等。

行吟天下

倪　林

终于，卫国的这本诗集就要出版了。多年前他就念叨这件事，后来因为种种原因一拖再拖，如今真就要出版了，也算是水到渠成，了却了一桩心愿。受命写一短文，忽然就想到转瞬间我俩已交往四十余年了。往事如烟，一丝丝幽情涌上心头。境随心转，一幕幕回忆展现眼前，化为电脑键盘清脆的敲击声。

一

卫国是一个诗人。这倒不是说他写了多少名动天下的诗作，而是说他的为人处世、行为做派永远像一个为诗而生的人。他的浪漫情怀，他的疾恶如仇，他的行侠仗义，他的悲天悯人，使他永远像面对着你在倾心诉说着什么，由心而发，时而激情，时而犀利。

我与卫国相识于 20 世纪 80 年代初，想起来已经四十多年了。那是一个苏醒的年代，激情燃烧的岁月。那时的诗歌，用现在的话说就是一个"爆款"，一时间击中了多少年轻的心。诗为媒，诗心相印拉近了人与人的距离。写诗吟诗讨论诗成了我们相约见面的全部缘由。当时天安门东边的劳动人民文化宫有一个诗歌创作学习班，每周活动一次。我和卫国经常在学习结束后来到天安门广场，坐在华灯下的石墩上长时间地聊天。二十出头的我们面对着被华灯照亮的天安门、长安街，心中既欣欣然又茫茫然。我们还年轻，将来会怎样？诗歌能带给我们什么？诗的萌芽会结出什么样的果实？当年的我们是单纯的甚至幼稚的，不过这份单纯幼稚竟扶着我们一直走到今天，见我们渐渐老去也没有丢下我们，而是成为我们生命中的一部分。

那时我在部队服役，驻地在北京北苑。记得有一次卫国和朋友来部队看我，先是参观了宿舍的大通铺、操场上的火炮等，然后坐在一棵大树下啃着面包喝着饮料。天很热，没什么胃口。那时北苑附近很荒凉，也没有饭馆儿，没有酒没有菜，席地而坐却只顾说诗。那情景让我记到今天，是一种别样的回忆。

1984年，我调到空军指挥学院工作，卫国又和诗人李欣来找我。那是一个秋雨绵绵的周末，冒着雨，我们仨穿着雨衣骑车前往稻香湖。冷风冷雨吹打在我们身上脸上，模糊了我们的双眼。当我们久久地站在稻香湖边，在潇潇秋雨中心里想着诗歌时，不知像个啥。还记得回到空军指挥学院在宿舍门口的小煤油炉上，李欣做的那锅白菜粉丝汤，温暖了我们湿冷的身体，滋养了我们驿动的心。

有时真想让时间在记忆的某个片段上定格，然后一格一格缓缓地重走四十年。要把每一个片段都咂摸出味道来，复制在灵魂深处，不忽略过任何细节，还会一模一样吗？命运会不会在哪个地方拐弯？不管怎样，我想说的是，如果生命可以重来，诗的缪斯依然会让我们膜拜！

二

只不过，当年我们写的是新诗，而现在，我们对复古诗词情有独钟。当下，古体诗词成为人们寄情唱和的风雅之选。借助新媒体，古体诗词群、诗社、公众号和朋友圈如春江澎湃，肆意奔淌。虽说不免泥沙俱下，但仍带来一袭潮涌，万千情觞。

这本集子就收录了卫国近二十年来的复古诗词作品，有三百多首。这些诗词中有与朋友交往的唱和之作，有寄情于山水的行吟之作，有睹物生情的自勉之作，有两情相悦的至爱之作，有江湖钩沉的怀旧之作，洋洋洒洒。徜徉其间，可以清晰地感受到他的生活历程和心灵轨迹，可以随着他的笔端，思接千载、神游万象。他用诗词构筑了一座神奇的精神家园，领着他自己、朋友和读者畅游其中，乐不思返。

他写送别：

二月别君风萧萧，南门小饮酒如刀。

诗人本色多情种，也步屈子唱离骚。

他写夜思：

夜半凉初透，折卷观太空。

茫茫星位迷，皎皎月独明。

繁华非本意，虚静得仙踪。

耕读复晚钓，回归大道中。

卫国熟读古诗词，所以他遣字用词力道十足，用典自然，大气丰沛。

我认为，卫国的诗词还有一个特点：起承转合处理得很好，并且金句频出。试举几例："千古唱大风""一程烟雨一程诗""浩茫心宇托何处，拜上灵山一炷香"，等等。

仙风道骨般的卫国经常躲进他的桃花源，是冥想静坐，还是写诗填词？这时他像陶渊明。行侠仗义的卫国又经常呼朋唤友喝酒聚会，是感怀叙旧，还是举杯邀月，这时更像李太白。

诗让我们善良，诗让我们真诚，诗让我们萌动于春泥之中，诗让我们翱翔于苍天之外。这一生与诗相伴、与诗同行，朝闻道，夕死可矣。

是为序。

作者系三月风杂志社原社长兼总编辑，现为中国特殊艺术协会顾问。

更呼斗酒作长歌

班清河

好友刘卫国把即将出版的新著诗词集《避庐诗草》电脑版传给我，每日读若干首，感到一种愉悦的人生享受，禁不住有些冲动想说点什么。卫国与我年龄相仿，我们有着共同的生活经历，读他的诗如读他的人生，亲切通透而又可寻着他的思维脉络进入他波澜涌动的情感世界，读着那一首首抑扬顿挫真情四溢的诗句，你会感叹卫国真的把生活过成了诗。值此春寒料峭，世事无常，百年之大变局，国事家事人生面临许多不确定，心情亦阴亦晴，读到卫国这样的诗句：

半是俗家半是仙，风雨阑珊人未眠。

雄谈阔论乾坤小，激情何必是少年。

作为年近黄昏之人，会有何种感想呢？那种豁达超俗的情绪，胸襟高远壮志依存的激情会不会直抵人心地感染你呢？

卫国《避庐诗草》选编了他20世纪90年代初至今的三百多首诗，内容丰富，题材宽泛，以游览和交友为双主轴。

他不以诗释生活，而以生活释诗，生活充满诗意。卫国所作诗歌，从本质上也是新诗的一种。其运用古典诗歌样式所写的当代诗词，形式虽旧，内容却新。所表达的思想感情、人生体悟、哲理内涵皆属现代意识，与古典情调，诗词意境虽有互借，但其反映的还是鲜明的时代色彩。卫国几十年苦吟不辍，硕果累累。卫国诗词的艺术特点、写作技巧及情感表达，著名诗词专家丁文奎先生在《色彩斑斓雅韵间》一文中已有详尽准确精辟的分析解读，我只想集中到一点概括地表述，便是刘卫国性情上的诗人特征。卫国是个真诗人！

清代著名学者郎廷槐在《诗问四种》中问："作诗，学历与性情，必兼具而后愉快。愚意以为学力深，始能见性情。"著名学者王士禛答："司空表圣云：'不着一字，尽得风流。'此性情之说也；扬子云云：'读千赋则能赋。'此学问之说也。二者相辅而行，不可偏废。若无性情而侈言学问，则昔人有饥点鬼簿、獭祭鱼者矣。"二人一问一答，都强调作诗要讲学问与性情。但学问与性情谁在前后两人侧重不同。而我则更倾向于王士禛的性情之表述，学问固然重要，然诗人则必性情前驱，诗兴大发才能彰显才华，这在诗人刘卫国那里便可得到印证。历代诗人所具备的特质，一是云游，二是交友，三是豪饮。均为性情所致，这三点在卫国身上尤为突显。翻开《避庐诗草》，游览、交友、聚会是卫国诗歌的主要题材，性情所致，畅饮畅吟，访遍名山大川，诗思泉涌，朋友相聚，肝胆相照，赠诗互赋，斗酒百篇！

宋代大诗人苏轼《龟山》诗写道："我生飘荡去何求，

再过龟山岁五周。身行万里半天下，僧卧一庵初白头。"大意是说，我走遍大半中国，龟山庙里那位和尚已经长出白发。我整天东奔西跑，他始终安静生活，真是各有各的坚持。而苏轼最有成就的历史名篇，就是在不断流放不断云游之中产生的。关于云游，卫国说他自退休后这些年在京没待几天，基本上全国各地到处跑，他说自己："半世交游广，书海寻大根。自诩等闲客，潇洒一俗人。"卫国常年驱车自驾上山下海，访友寻仙，好不快活！再看卫国的《南行杂记：绝句篇（十三首）》题记："十月，秋高气爽，携妻自驾出行，从北京出发，驱车一路南下，行六日，已至海南。一路风景，如行画中，美不胜收，得诗数首，以记壮游。"

一

十月含金量正高，驱车南下试宝刀。

此行一去八千里，兽骨鹰髓领独骚。

七

清晨打点出汉川，健行又过几重山。

忽闻前路瘟情急，直掠长沙奔湘潭。

九

离湘入桂过韶关，十里云摇十里山。

空蒙只见风吹木，一重烟雨一重天。

十一

三江水口三江流，白云山上白云俦。

一城入画破题出，八桂东守铁梧州。

十三

清晨望海雾遮眸，椰树棕林鸟不休。

忽地风卷浮云去，日出东山岭上头。

卫国走一路，写一路，从北到南将各地风情、风貌、风景、风味尽收诗端，绝美之意境，不断呈现出来："寒光冷月暗复明，竹叶摇影动三更。多情最是清凉夜，杜鹃谷里唤声声。"

如果不身临其境，清凉杜鹃冷月竹影如何组合静动相拥的图景呢？云游四海诗满怀，占据了卫国诗集的半壁江山。

卫国喜欢交结朋友，他说交友是人生重中之重，关乎一生成败。作为诗人的卫国在生活中以诚待人，豪爽大气，凡是与卫国有过交往的人都有相同的感受。卫国以诗会友，一赠一答，有很多佳话。著名作家李林栋是刘卫国多年好友。卫国与林栋相互赠诗，情意深长。

和林栋

高明自古多虚狂，择山悟道费神伤。

修行何必寻出世，返璞归真是李郎。

林栋原诗：

滇游戏作

老夫聊发少年狂，大理喜洲挥华章。

驽马就是不动弹，一篇佳作空断肠。

近些年，卫国客居南海亦常有诗作传习，林栋有和。卫国原诗：

海望

风送云接出玉盘，海韵帆樯共长天。

霹雳一声排浪起，搅动群鸥不下湾。

林栋和诗：

遥致

且作神仙忘尘忧，面海无澜心自收。

凭空遥致翔云意，先遣诗童作伴鸥。

卫国做人讲原则，交友宽怀，即使对方有亏欠的地方，卫国也不争执。我与卫国相交多年从未听过他背后议论别人，朋友有困难，他千方百计帮忙。前年他听到我们稷园经营困难，一面安慰，一面积极找朋友托关系联系合作单位，以解燃眉之急。他全心全意为朋友尽力，特别令人感动。好友范建强导演生病了，他去看望，并时刻挂念："乌轮返转又数日，兄弟小恙吃药没？"他将挂念之情融入诗中，感人肺腑。这使我想起李白的诗句"桃花潭水深千尺，不及汪伦送我情"。古今一样的诗人情怀。

《避庐诗草》诗集中，刘卫国赠友诗很多，那是在共同情趣之上的友情，有着共同的理想认知。多次的雅聚就是思想火花的碰撞，是凝聚力量、振奋精神正能量的储备。"又聚泉城语纷纷，军容豪壮酒半醺。应是家国情未了，舍生忘死是初心。""昔年曾咏岱岳诗，青春有悔拜山迟。浩气吞宏怀杜甫，千秋万载两行诗。"友人雅聚便是为追寻"浩气吞宏怀杜甫，千秋万载两行诗"的境界，何等壮哉！

诗人与酒的故事千古流芳，李白的《将进酒》一句"五花马，千金裘，呼儿将出换美酒，与尔同销万古愁"如长江大河滔滔不绝地将诗酒歌潮推涌到今天。卫国喜酒诗心使然，三百余首诗中酒句随处可见。有独自小酌："玉露初寒酒未醒，梧桐树下独听风。"有题诗："西苑樽酒半入喉，便叫诗思滚滚来。"有云游畅饮："十月踏歌须纵酒，生年一度去不还。"更有《饮酒诗（二首）》：

一

平生有诚信，细想少知音。

浓浓一沽酒，殷殷独敬君。

二

风华俱往矣，心绪永怀之。

三杯糊涂酒，百感数行诗。

卫国这酒喝得有气度，不醉诗不休！我也曾与卫国多次相聚共饮，席间卫国把盏痛饮，诗意大发出口成章，每每诗惊四座，大家一片喝彩。有一次在宋庄与一众画家书法家聚会，书法家杨焱送每人一副对联，卫国即席赋诗《赠杨焱（二首）》：

一

三巡酒壮晕初红，火辣襟怀总关情。

真人真是真学问，好个巾帼大先生。

二

清茶慢饮小楼东，素纸轻摊笔纵横。

墨骨深沉字雄劲，大爱浓香满虚空。

我在一旁暗自一惊，这卫国酒过三巡，杯杯都是一口闷，舌头都见短了，还能出口成章，真是有才！卫国喝酒助诗兴，每有佳句，已成为一道风景，朋友聚会总会邀卫国赋诗，就像含苞定时绽放。我想酒只是钥匙，把卫国腑中的诗歌藏品之门打开一扇。谁知道他肚子里还存了多少好东西呢？宋代欧阳修云："浅深红白宜相间，先后仍须次第栽。我欲四时携酒去，莫教一日不花开。"卫国在美酒的浇灌下，时刻都能开放出诗的美丽花朵！

卫国是性情中人，也是有学识的人。他的广博不仅表现在诗的写作和谈吐不俗，也表现在思想的深度和对世事的融合与人际关系的协调上，他有坚定的理想信念，内心始终坚持自己做人的原则，助人为乐，帮人排忧解惑。

我以为，诗人所独具的鲜明的性情特征，必须服务于诗的创作，要以自己的诗歌佳作表现其学识才华。有好的诗作才能成为好诗人，"胸中自有书千卷"的好诗人也正是学力与性情共同成就的。读卫国的诗，感到愉悦，时时会有心灵感应，我感觉到了诗歌语言的魅力和情感的力量。我想，卫国有生之年定会继续游天下，交好友，"更呼斗酒作长歌"，有更好的诗歌出世！

作者系中国作家协会会员，中国作协服务局原副局长，著名作家、诗人。

目 录

【七古】

【七绝】

【五古】

【五绝】

七古
QIGU

初至沽源 ^①

八月连阴临塞北，行云如黛风如摧。

平沙野阔丘山远，黄昏坐看牧人归。

旅夜帐中听微雨，残梦纷繁意霏霏。

征戍狼烟今安在，将军墓侧荒草肥。

1999 年 8 月

---

① 沽源：地处河北张家口境内。

久慕名樓來賦開此地南來涉大川
登臨一望飛鷺鷥江渚流雲長遠帆
乘風帝子千年去雄壽依舊倚西
山騷人雅士多遺墨示及王勃序一篇

滕王閣乃江南三大名樓之一位於
江西省南昌市西北贛江東岸始
建於唐永徽四年因王勃序而流芳

滕王閣尋古一号劉衛國詩迺仁書

滕王阁寻古 ①

久慕名楼未赋闲，北地南来涉大川。

登临一望飞落鹜，江渚流云尽远帆。

乘风帝子千年去，雄台依旧倚西山。

骚人雅士多遗墨，不及王勃序一篇。

2002 年 7 月

---

① 滕王阁：江南三大名楼之一，位于江西省南昌市西北赣江东岸，始建于唐永徽四年（653），因初唐诗人王勃《滕王阁序》而流芳后世。

忆浩然 ①

一

年觉豆蔻去家门，高志践行主义真。

心系基层开伟业，笔重苍生著豪文。②

艳阳天佐千秋史，金光大道走绝尘。

谁说精神缺继往，九亿农民是后身！

①浩然：原名梁金广，当代著名作家。
②"写农民，为农民写"是浩然始终坚持的创作宗旨。

二

曾是文苑一盏灯，春秋不老居上层。

木秀人杰多谤语，初心无悔更从容。

舍得身家为黎庶，文艺绿化建奇功。①

十年辛苦花千树，浩然精神处处同。

2008 年 9 月

---

① "文艺绿化工程" 是 20 世纪 90 年代浩然为培养农村文学新人而开展的文化活动。

哭小君 ①

当年交友越寻常，少年何幸做同窗。

诚心重诺手足情，喜乐忧时好文章。

君当壮年匆匆去，忍负前盟堪悲伤。

揽鹤低徊兄慢走，正阳门左是故乡。

2014 年 7 月 9 日

---

① 小君：李小君，和我少年同窗，性耿直，有侠名。曾参加对越自卫反击战，转业后供职首钢。

谢赵勇兄赠画 ①

交往年方二十八，同为狼族道义侠。

杯酒抒怀英雄色，文章豪纵笔生花。

感君义气真且直，宽仁厚德乾坤大。

浓情古意菊为证，金秋时节入我家。

2011 年 10 月 9 日

---

① 赵勇：资深媒体人、画家。

赠凤峪 ①

山谷道人王居士，清隐城南画室中。

举杯醉卧书为侣，泼墨成卷绘丹青。

龙行虎步风云会，奇思妙想悦高朋。

红尘觉悟直如是，坐看喧嚣好个空。

2011 年 10 月 19 日

---

① 凤峪：王凤峪，号山谷道人，书画家。

为大升兄与十一世班禅摩手题照 ^①

或许相识在瑶台，机缘巧使两无猜。

风尘热望出祥瑞，慈航一度大矣哉。

谶语莲花风云会，圣手仁心襟抱开。

佛道追源求同近，都为芸芸济世来。

2011 年 11 月 12 日

---

① 大升兄：王大升，医学专家，大校军衔。

大宗立邦遷患多無敵將軍
思享國滿門忠烈勤王事橫刀
躍馬過交河胡騎聞名驚喪膽
聲威佈震大漠可恨羣小示
援吾極逸英雄堕網羅

讀史感懷一首
劉衛國撰延仁書
甲辰之四月於三興上寓

读史感怀

大宋立邦边患多，无敌将军思忧国[①]。

满门忠烈勤王事，横刀跃马过交河。

胡骑闻名惊丧胆，声威虎虎震大漠。

可恨群小不援兵，枉送英雄堕网罗。

2012 年 1 月 5 日

[①] 无敌将军：北宋大将杨业，以骁勇善战著称，国人号为"无敌"。

石门雅聚

题记：二月与李宝印、刘兵文等小友欢聚于石家庄南楼。想人生数载，创业豪情，感慨良多。酒畅之余，偶得诗句，是以记之。

二月春风未了寒，驱车西向走天边。

石门雅聚畅诗酒，月满楼头意阑珊。

人生百事精谋划，自古英雄出少年。

它时若赴风云会，愿助兄弟一展帆。

2012 年 2 月 16 日

贺凤峪五十寿 ①

山谷道人老虎头，雄入红尘五十秋。

侠肝义胆挥金土，操劳经世做苦修。

笔墨纵横风云起，偷天揽日画中游。

有幸识君多喜悦，万种情怀一相收。

2012 年 6 月 24 日

---

① 凤峪：王凤峪，号山谷道人，书画家。

腊八

腊月初八新阳复，潜龙携风欺老树。

千门万户一锅粥，熙来攘往托五福。

此时年年起灶台，禅心古韵向佛祖。

红尘觉悟话始终，菩提树下寻归处。

2015 年 1 月 17 日

悼柳萌^①（二首）

一

飒飒风骨世堪言，铁画银钩溯建安。

经年曾受千般苦，几度离索墨不干。

骚坛热望推可帅，铁定无私推少年。

功德圆满归大位，柳师文章万古传。

---

① 柳萌：原名刘蒙，当代著名作家。

二

前时探病问临床，柳师痛苦已难当。

执手殷殷垂双泪，穷思无法济良方。

生生死死寻常事，真情依旧恨无常。

他年若也归来处，长揖再拜是天堂。

2017 年 7 月 3 日

拜谒太白墓 ①

三回拜谒入东吴，太白晚景吾当哭。

曾经海内惊天下，五岳名山万卷书。

空负王佐济世才，浔阳兵败谪当涂。

藐视权贵未折腰，神仙风度古今无。

2018 年 4 月

---

① 唐至德元载（756），李白随永王李璘江陵起事，兵败后被流放夜郎。
中途遇赦，投靠其族叔当涂县令李阳冰，客死于此。

向南行

十月离京过两湖，再穿闽粤去琼都。

自驾独撑八千里，缘为鉴证腹中书。

青山绿水诗心动，万种情怀迭句出。

归期暂定春三月，紫金花开又几株！

2019 年 10 月 18 日

赠石团 ①

神州畅饮忆流年，凝香如水细涓涓。

曾经携手谋成事，奔走常于破晓天。

勤劳只为相知故，拼得骨瘦报张团。

主帅已乘白云去，唯君与我独翩翩。

2019 年 11 月 8 日

---

① 石团：石忠，中国歌舞团原副团长。

悼刘师西古 ①

才高八斗口碑雄，笔墨笙箫不二争。

济世堪经风和雨，谈吐行云落有声。

竹杖敲阶时正好，玉诏归班违转蓬。

西古中石同可传，熠熠吴门双子星。

2022 年 7 月 22 日

---

① 刘西古：著名画家，齐派传人。

赠林栋

一

论交诤不逊管鲍，风尘滚滚事可标。

红墙一诺出江海，大矣家国恳赴劳。

经年努力齐奋起，攒活生济渡坎桥。

惜哉天不甲筋骨，唯有诗书不寂寥。

---

① 林栋：李林栋，著名作家，散文家，诗人。

二

可帅昔年帐点兵，鲍丘河畔角初荣。

数十名家风云会，共谋发展燕郊城。

故人多已去高位，相见每每念初衷。

持藜问事应未已，精神追远再建功。

2023 年 11 月

赠小平 ①

心如朗月一帆悬，才高八表列罗班。

广结同道能虚己，风流长者待人宽。

早与君交成款客，扪虱把酒不知年。

后来文章复情意，夕阳烈烈照无间。

2023 年 11 月

---

① 小平：朱小平，著名作家，诗人。

赠老丁 ①

八零年代业初程，郊游小会始识荆。

铁画钩沉肩道义，胸怀罗宿百万兵。

位居中台主文脉，篇章评论笔纵横。

三十余年说往事，亦师亦友一老丁。

2023 年 11 月 17 日

---

① 老丁：丁文奎，央广新闻原编辑部门领导，高级编辑。

附：依卫国原韵和诗

初逢自始慕贤名，媒介才情冠俊英。

早赋新诗清雅颂，又挥旧体韵风行。

灵犀百事相时论，同共三观互赏评。

岁月长河金句涌，卫国诗友启人生。

丁文奎，2023 年 11 月 19 日

忆当年送建起兄从军 ①

少年投笔路千重，军旗猎猎子时钟。

梦里相随天涯远，晓雾迷蒙伤满城。

半月家书闻诗语，一帆风劲告吾兄。

百战功成归故园，夕阳晒甲再出征。

2023 年 9 月

---

① 建起：崔建起，少年从军，大校军衔。

寄形意拳魏师傅 ①

少年习武越寻常，内外兼修大主张。

拳出六合鬼神走，天地人才体式桩。

魏师家学深且厚，诚心施教影宫墙。

前望古稀健如狸，授业恩情似水长。

2023 年 12 月 25 日

① 魏师傅：魏少春，出身于武术世家，曾供职北京京剧院。

韩武大师诞辰纪念活动
感怀有寄 ①

韩武大师誉满城，独步天下好神功。

游身转掌行如海，推脱带领走蛟龙。

为使绝学能济世，三代传承守大坑②。

崇高精神千秋业，任重道远是德公③。

2023 年 12 月 28 日

---

① 韩武大师：南城八卦掌主要传承人，弟子众多，贡献卓著。
② 大坑：天坛大坑，南城八卦掌传承地，已有一百多年历史。
③ 德公：韩德，北京八卦掌研究会副会长，韩武大师之孙。

寄李欣 ①

一

谁人谈吐不矜持，平生辛苦鬼自知。

论交半世君无两，苍头白首愈稠之。

如咎堪怜修为小，寒冬过后好吟诗。

乌轮旋转夕阳照，万道霞光渡未迟。

---

① 李欣：诗人，社会活动家。

二

百丈楼台起平川，筑基块垒第一砖。

后进偏成些子事，论功遥想悔当年。

万种情怀实难语，风送浮云过远山。

幸有高朋献彩石，邀君共我补苍天。

2003 年 12 月

赠任学路 [①]

当年文章已著名，谁信临老患诗疯。

晓理从头娓娓句，展展人间都是情。

宽仁重诺千般好，万里前行路路通。

青山不老兄共我，论交足可慰平生。

---

① 任学路：著名诗人，资深媒体人。

闻詹厂庆师兄收徒有贺 ①

董师道成峨眉峰，待时归隐在帝宫。

巧夺天机化绵掌，八门金锁大神通。

幻影移形生妙理，天罡地煞共传承。

兄为发扬推可帅，留得千秋万载名。

---

① 詹厂庆：北京八卦掌研究会会长，传武七段。

祝中华古典器乐经典
再现组委会成立

根源追溯至史前，玄音妙韵抱龙眠。

蟠桃盛会罗响器，仙娥偷得落九天。

从此坊间多美乐，律化生民礼圣坛。

今众名家风云聚，共谋瑰宝万世传。

2024 年 1 月 25 日

青龙湖雅集 ①

题记：龙年正月初十日，应房山区作协副主席黄长江之邀，同宋春福、于久东、张长水、刘中砥众方家坨里雅集。席间，吟诗联句，妙语迭出，欢声不断。心存所思，是夜成偈，以记正觉。

正月初十雾森森，青龙湖畔酒正醺。

农家院落诗成雨，雅韵骚情漫小村。

久慕瑶台相去远，道缘应从此处寻。

阆仙故里文昌盛 ②，妙语笙歌处处闻。

2024 年 2 月 19 日

---

① 青龙湖：位于北京市房山区境内。
② 阆仙：唐代诗人贾岛，字阆仙，范阳（今北京附近，一说为房山）人。

稷园品茶得句赠班兄 ①

春到稷园风讯早，一帘好景在今朝。

新池水漫云追日，旧竹潜影弄骄骄。

明前新焙小青芽，暖语推心诚不凋。

问君老来何所贵，扪虱交谊品位高。

2024 年 3 月 18 日

---

① 班兄：班清河，笔名青禾，作家、诗人。

送伯伯归山泪吟寄兄嫂

神仙老走泪潸然，惊鸿鸣鹤隐道山。

孝亲惟祝千年寿，无常弄鬼奈何天。

细思红尘多苦累，万难行走复归元。

人生百岁终一别，大爱情深待后传。

2024 年 5 月 2 日

读割席书有寄

曾为同道标上林，文来字往谊渐深。

杯酒虚怀似容物，巧舌如簧假做真。

私心欲壑存大伪，亦非臣子亦非君。

万恶荼毒幸未果，原来天地一矮人。

2010 年 9 月

再读割席书步前韵

修德难再补前尘，天道不容大罪身。

未信留年常愧色，或恐果报遗子孙。

秦项之说千年事，羞煞何须论古今。

袍泽一诺已妄言，从此应人做路人。

2010 年 11 月

天行健

乾元初創御六龍雲行雨施
萬物生日月更迭無停影流
轉雄健勢洵六位時成固正道
軌跡清明至始終君子作為應
如是自彊不已建德功

劉衛國詩一首
甲辰春舒乃仁書

天行健 ①

乾元初创御蛟龙，云行雨施万物生。

日月更迭无停歇，流转雄健势汹汹。

六位时成固正道，轨迹清明至始终。

君子作为应如是，自强不已建德功。

---

① 《周易·乾·大象》："天行健，君子以自强不息。"

地势坤 ①

坤顺承天载无类，奔腾不息紧相随。

德施广厚行大公，包容四海万物归。

下位无争蕴至柔，品性宽宏牝马威。

凡人若明个中理，宇内含弘自生辉。

---

① 《周易·坤·大象》："地势坤，君子以厚德载物。"

七绝

QIJUE

往事

二十一年怀旧事，岁月空流最可知。

上游莫道春光晚，青云有待发奋时。

1979 年 11 月

陰雨時節臨沽源 詩人走馬尋
倉邊閃電河流東向海不見
當年花木蘭 懷遠

怀远

阴雨时节临沽源，诗人走马寻旧边。

闪电河流东向海^①，不见当年花木兰^②。

1999 年 8 月

---

① 闪电河：沽水之源头，流经海河东入渤海。

② 花木兰：南北朝时北魏孝女，曾替父从军北征柔然，封将军、尚书郎。

一片濃艷漫沙丘紅紅白白

開不休昨夜微風細雨後半

含珠泣半含羞　雨後觀花

雨后观花

一片浓艳漫沙丘，红红白白闹不休。

昨夜微风细雨后，半含珠泪半含羞。

1999 年 8 月

送贵民回河北 ①

三月中时日半昏，清茗小饮叙南门。

十年知己豪侠客，与君同为故乡人。

1999 年 8 月

---

① 贵民：饶贵民，三河市人民政府原副市长。

饮酒诗（三首）

一

半世虚名无奈哉，小成林下未开怀。

偶居城南寻一隅，诗逢酒兴梦中来。

二

红尘扰攘事多累，几番知晓违相随。

南城兄弟怨声急，且将小杯换大杯。

三

暑气消弭天渐寒，风送秋凉掩空山。

十月踏歌须纵酒，生年一度去不还。

1999 年 10 月

玉露初寒酒未醒梧桐封下獨听風銀波聲斷雨不聞或許弄影在瓊宮

中秋憶故人

中秋忆故人

玉露初寒酒未醒，梧桐树下独听风。

银波声断两不闻，或许弄影在蟾宫。

2000 年 9 月

赠长松 ①

高风追远践初衷，料定功能动九重。

灵山脚下寻常客，等闲修得大将风。

2001 年 7 月

---

① 长松：李长松，三河市黄土庄镇原党委书记。

烽火台

题记：雨中入山，沿途过古长城遗址，想古来军将戍边之苦，有感而作。

远望烽火连蓟北，感时入梦雨纷飞。

古来军将戍边苦，大漠风沙掩墓碑。

2001 年 7 月

淘金

驼峰岭下淘金池①，日裁斜影人半痴。

箕上黄沙三五粒，汗透罗衫也入诗。

2001 年 7 月

---

① 驼峰岭：位于北京市怀柔区境内，岭下有圆金梦公园。

守夜

半是俗家半是仙，风雨阑珊人未眠。

雄谈阔论乾坤小，激情何必是少年。

2001 年 7 月

雨中望远

独步巅头望落仙，雾锁玉容远山半。

固然魏晋文章好，峰回路转有余篇。

2001 年 7 月

春日偶成

本是童子拜瑶台，偶下凡尘著兴衰。

昨夜一场知春雨，三千神祇入梦来。

2002 年 3 月

忆海棠（二首）

一

海棠惜春花满枝，少年树下学作诗。

谁将罗帕迎风舞，邻家二姐好维芝。

二

丹青树上挂纬纱，红颜遮蔽几人家。

昨夜春风拂相戏，风流断送海棠花。

2003 年 4 月

有所悟

少读诗书渡践身，二八清雅步上林。

江湖不解黑白事，枉谈风流第一人。

2003 年 11 月

送别

二月别君风萧萧，南门小饮酒如刀。

诗人本色多情种，也步屈子唱离骚。

2003 年 2 月

赠忠胜 ①

正月十五雪纷纷，一天祥瑞满上林。

偶著新词怀知遇，四六垂垂又逢君。

2004 年 2 月

---

① 忠胜：刘忠胜，北京市原崇文区建委主任。

曾经漠将临蓟州熟悉此地鬼神

悲金戈鐵馬十萬兵稜此江山始姓劉

隔岸觀山霧罩樓水映長天一鏡收

彩棚延綿聲不斷都在浮雲半夢

襄頭 于橋吟二首

于橋水庫位於天津市蓟縣城東

岳稱翠屏湖因南依翠屏山而得名

蓟州古稱漁陽

劉衛國詩里辰去春 延仁書

于桥吟^①（二首）

一

曾经汉将临蓟州^②，燕然北地鬼神愁。

金戈铁马十万兵，从此江山始姓刘。

二

隔岸观山雾罩楼，水映长天一镜收。

彩棚延绵声不断，都在浮华梦里头。

2004 年 7 月

---

① 于桥：于桥水库位于天津蓟县城东，亦称翠屏湖，因南依翠屏山而得名。
② 蓟州：今天津蓟县，古称渔阳，汉始设州。

晚冬赠田建春 ①

山影绵亘雪未融，长树萧条劲北风。

佳酿十杯对旧好，忽觉春意满桥东。

2005 年 2 月

---

① 田建春：三河市段甲岭镇原镇长。

赠宜宣 ①

初识先生在南城，举杯豪饮四座惊。

采釉精瓷刀作笔，等闲修得开山功。

---

① 宜宣：李宜宣，辽宁朝阳人，著名画家。

论道（二首）

一

道祖当年向西行，青牛踏月紫气升。

悟出二经传后世，得与不得却不同。

二

南山盈雪北山空，苦坐真修道未成。

一年三百六十爻，都在阴阳变化中。

2009 年 3 月

踏春

三月踏歌老城东，十里新桃绿映红。

叹息今人少雅意，枉自忙忙碌碌中。

2009 年 3 月

水入盈々方寸間雲在水中

魚在天偷得儂家好景

致青花弄影兩處開 題青花瓷盒

题青花瓷盆

化入盈盈方寸间，云在水中鱼在天。

偷得仙家好景致，青花弄影两处闲。

2009 年 4 月

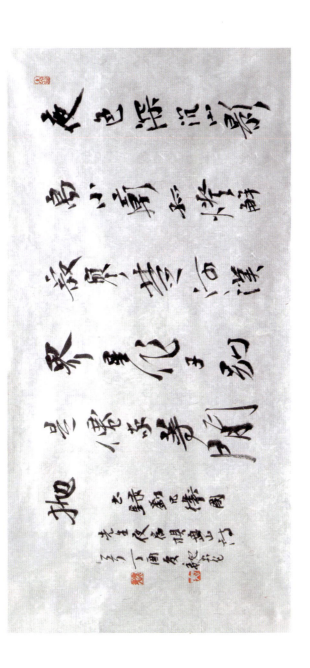

夜宿棋盘山 ①

夜色深沉山影高，小庙孤灯解寂寥。

楚河汉界星作子，别是仙家等闲抛。

2010 年 5 月

---

① 棋盘山：位于北京市昌平区刘村镇，山上有古庙。

平安寺追忆抗日和尚 ① （四首）

一

少小离家入空门，晨钟暮鼓渡残身。

家国蒙难还俗去，横枪济世为大真。

二

移形换位肯从戎，抗倭驱虏在冀中。

空门未了亡国恨，平安寺里一小僧。

---

① 平安寺：位于北京昌平瓦窑村西街，俗称西大庙，距今已有四百多年的历史。

三

烽火当年遗恨多，肯将金身付马革。

燕山深处埋忠骨，后人时念弥陀佛。

四

释家本意在度人，修行何须入空门。

寺僧当年抗敌事，直叫后来说到今。

2010 年 6 月

冬景

昨夜风残叶带沙，小园灯暗树影斜。

一窗景色冬藏尽，寒流不入富足家。

2010 年 12 月

收成

三月轻播细陇斜，未熟农事问邻家。

天道酬勤生发季，青蔬一茬又一茬。

2011 年 3 月

登山（二首）

一

陡壁惊魂山道弯，枝蔓盘结满前川。

正是春发好时节，云落深崖我上天。

二

绿水青山色繁多，斜阳窄道遍藤萝。

远离红尘多少事，登临遥指近天河。

2011 年 4 月

参观燕长城遗址

遥望燕然旧时关，烽火当年起狼烟。

物换星移今已矣，犹疑城前战正酣。

2011 年 4 月

惜白、紫丁香花（二首）

一

落寞堤旁几许香，曙色空朦独梳妆。

若非观人施另眼，枉扮花容为谁忙。

二

惆怅白紫两丁香，独处道边盼折郎。

芬芳馥郁媚摇枝，仍逊桃花半徐娘。

2011 年 4 月

赠倪林 [①]（四首）

一

曾聚红墙不夜天，评诗论道性慨然。

少年金水桥头语，今日犹然在耳边。

二

遥想当年与君交，同声相应胆气豪。

风雨荐行走华夏，至今耿耿意难消。

[①] 倪林：中国残疾人杂志社原社长，著名诗人。

三

想君昔年负大才，军旅倥偬情豪迈。

西苑樽酒半入喉，便叫诗思滚滚来。

四

春风无语三十年，青枝轮转记斑斑。

相对稀言悲白发，初心未改一帆悬。

2011 年 9 月

重返口子村^①（三首）

一

当年南岗曾走马，犁耕蓄水治强沙。

光头小子英雄气，不锁黄龙不还家。

二

小仁桥边忆壮游，浩叹人生几个秋。

如烟往事今已矣，萧水依旧向东流^②。

---

① 口子村：位于通州区通马公路东侧，属台湖镇管辖。
② 萧水：萧太后河位于北京市东南部，是北京最早的漕运河。

三

遥想当年富水边，截流围鱼木作船。

三十余年说过往，平生最爱是桃园。

2011 年 10 月 23 日

晚秋（三首）

一

衰草枯枝路窄长，数声犬吠南北方。

别是一番秋景色，轻移虎步过前庄。

二

清晨慢跑雾迟迟，秋呈朝露鬼先知。

楼前树影风催动，天作癫狂我作诗。

三

繁华落尽视觉空，一树残枝色半红。

不知岁老冬将至，兀自春花梦里行。

2011 年 10 月 21 日

寄某君

长夜深深昼潜伏，露尽更残日复出。

有无本是天公定，嚣嚣何必论有无。

2011 年 10 月 28 日

为建强劝药 [1]

前日送达曾知会，养病如同养虎威。

乌轮返转又数日，兄弟小恙吃药没？

2011 年 11 月 23 日

---

[1] 建强：范建强，导演、制片人。

读王中人《放华集》有赠^①（五首）

一

临窗捧读近黄昏，不觉星残夜已深。

念君情意书难舍，满纸珠玑隐大真。

二

君居上位理民生，未负三江一片情。

经年豪迈应无悔，枫栌如火唱秋声。

---

① 王中人：黑龙江省发改委原主任，著有诗集《放华集》。

三

曾经畅饮聚冰城，太阳岛上论西东。

惜哉未得识君面，无缘江左拜大兄。

四

感君签赠在仲秋，又得真经上小楼。

或许闲暇多唱和，与君同乐与君忧。

五

三江大地多豪客，群星熠熠虎狼窝。

自信人生五百年，激情依旧大风歌。

2011 年 12 月 6 日

雪村

一夜飞花彻地白，平明野望云气开。

孤村有影半遮面，疑是伊人踏雪来。

2011 年 12 月

清明节为父母扫墓（四首）

一

清明祭扫庄南道，又培新土遮旧蒿。

天堂路远未通衢，暂把相思寄纸烧。

二

墓前双柏护玉碑，更有忠榆占坤位。

天公作象应未虚，大德无私万古垂。

三

流风赶月奈何天，阴阳已隔二十年。

独处每每念大恩，常使顽儿泪涟涟。

四

乖孙暑后拟成婚，未负阿奶一片心。

或许明年添丁口，后日祭扫有新人。

2012 年 4 月 4 日

悼天夫 ① （二首）

一

二十余年论故交，披肝沥胆义气豪。

何故匆匆归大位，忍将前盟一旦抛！

二

昔年把酒彩云南，相约功成既北还。

君今独自逍遥去，当叫应人何以堪！

2012 年 4 月 22 日

---

① 天夫：陈天夫，自由撰稿人。

燕山访石先生 ① （三首）

一

正是花红四月中，驱车携侣向山行。

红尘渐远喧嚣尽，白云深处访仙踪。

二

面朝黄土背朝天，庭院春深绣锦团。

主人浇水花墙下，蜂蝶曼舞过栏杆。

---

① 石先生：石忠，中国歌舞团原副团长。

三

茅台美酒共举杯，老韵新歌醉几回。

但得真意能长久，天荒地老总相随。

2012 年 4 月 25 日

赠杨焱①（二首）

一

三巡酒壮晕初红，火辣襟怀总关情。

真人真是真学问，好个巾帼大先生。

二

清茶慢饮小楼东，素纸轻摊笔纵横。

墨骨深沉字雄劲，大爱浓香满虚空。

2012 年 5 月 17 日

---

① 杨焱：字怡人，著名书法家。

观云

偶伫楼头听晓风，蓝天新沐万里澄。

掩卷长思观大象，自在流云更几重。

2012 年 6 月 14 日

大雨濛濛不見天野對開花
堪可憐無乃爭得風回
轉抱樸守一即神便 觀雨

观雨

大雨蒙蒙不见天，野树闲花堪可怜。

无力争得风回转，抱朴守一即神仙。

2012 年 6 月 26 日

老驴祭犬 ①

老驴丧犬失旧情，酒半酣时忽悲声。

从此江湖空寂寥，人性不如狗真诚。

　　　　　2012 年 8 月 14 日

---

① 老驴：周德，号老驴，书画家。

登黄山（三首）

一

日照雄峰碧影斜，天柱嵯峨藐群岳。

我拜圣山寻道履，先上层云第一阶。

二

万千景色暮云边，红尘喧嚣虚浮看。

逶迤再上光明顶，脱胎换骨又一班。

三

天地玄黄日曛曛，高山仰止独登临。

遥望初祖飞升处，始信仙缘大道深。

2013 年 4 月

昔日遊方入皖中風
明月孤帆南陵主人
把酒□發雲□做查
湖□□□

衡國兄屬書乃仁

夜宿南陵

盛日游方入皖中，风吹月影宿南陵。

主人把酒问归处，愿做奎湖一钓翁。

2013 年 4 月

赠兵文 ①

李白名篇赠汪伦，千古传唱到如今。

我借诗仙结尾句，诚心一表赞兵文。

2013 年 4 月

---

① 兵文：刘兵文，安徽芜湖人，河北中信通讯工程有限公司总经理。

青虚山访赵道长^①（二首）

一

离京西向晓时分，寻根问处访高人。

闻说尧山真福地，清虚渺渺气森森。

二

本是尧山柳树根，机缘巧使入凡尘。

大道无痕阴阳谱，冥冥一窍是本真。

2014 年 5 月

---

① 青虚山：华北道教圣地，位于河北省唐县境内。赵道长：赵崇善，河北省道协副秘书长，青虚山住持。

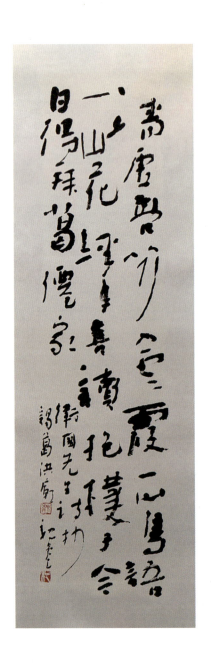

谒葛洪庙 ①

清虚高耸入云霞，一山鸟语一山花。

经年喜读抱朴子，今日得拜葛仙家。

2014 年 5 月

---

① 葛洪庙：位于河北省唐县境内，是青虚山道教文化的重要组成部分。

和林栋 ①

高明自古多虚狂，择山悟道费神伤。

修行何必寻出世，返璞归真是李郎。

2014 年 11 月

---

① 林栋：李林栋，著名作家、散文家、诗人。

附：滇游戏作

老夫聊发少年狂，大理喜洲挥华章。

驽马就是不动弹，一篇佳作空断肠。

林栋，2014 年 11 月 27 日

贺家兄六十寿诞

性本瑶池水中莲，为宣教化降人间。

风流独秀一甲子，已是行云最上边。

2014 年 12 月

归隐

寻常市井无觅处，半隐红尘喜读书。

茶筋墨骨谁堪似，妙韵禅心料想无。

2015 年 3 月

观桃林

前年曾向此地来，花枝恹恹落青苔。

陌头桃树忽成林，却是观人去后栽。

2015 年 4 月

忆少年（四首）

一

少年读书恨觉迟，一二三四几行诗。

皓首穷通仍努力，春光老去浑不知。

二

青梅竹马木作刀，浪慕豪杰虎超超。

苍头无赖偏爱酒，真情最是少年交。

三

当年践学老城西，夜听杜宇昼听鸡。

毛头小子混不论，扶墙摆鸟弄嘘嘘。

四

开蒙向好立雄威，人生何处是荣归。

伴星寥落知音少，年年秋雨落花飞。

2015 年 3 月

论江湖

远看真有近却无，犹如奔马过滩涂。

身在红尘习坎地，人生谁又不江湖。

2015 年 6 月

一滴残墨半盏茶星眼倦倦闲拈
花風流究是孤寂寥腹有诗書氣
自芳華其二 少年求學標上林人羡
方知出世真读至厚為通班史年调
名辭達古今笔二
槐毛新诗四胃天又向廳堂校笔二阑
凝神猶恐花零落去再沿毛期许何年
劉衛國先生诗二人首
吴頤生

读书（二首）

一

一滴残墨半盏茶，星眼倦倦闲看花。

风流最是孤寂处，腹有诗书气自华。

二

少小求学标上林，入世方知济世真。

读书原为通经史，无关名利达古今。

2015 年 8 月

为海风小朋友题照

人间四月芳菲季，花事频仍信有期。

娇艳无端欺凡品，造化红尘一小妮。

2016 年 4 月

赏花

桃花落尽四月天，又向庭前植紫兰。

凝神犹恐花睡去，再沾花期更何年。

2016 年 5 月

暮春有约 ^①

老树新芽嫩柳枝，残阳夕照赴约时。

此来不为旧相好，只欠春风一首诗。

2016 年 7 月

———————————
① 毕业四十年师生聚会有记。

赠周进 ①

肖村桥北遇周郎，又得雅赠进书房。

早知翰墨能醉人，何必歌楼觅酒香。

2016 年 7 月

---

① 周进：作家、编剧。

迁安行（五首）

下迁安 ①

九月秋高云气寒，车行故道下迁安。

闻听万人齐走路，愿助同志一展帆。

宿城山 ②

鬼斧神工一望城，钟灵毓秀大神通。

自古应是仙居地，青山隐隐明月宫。

---

① 迁安：位于河北省东北部，属燕山余脉，又称水城。
② 城山：亦称成山，因山势走向酷似城垣而得名。

城山寺遗址 [1]

香火明烛不堪说，十丈红泥尽坎坷。

修行何须入古寺，禅心一点即是佛。

古泉 [2]

玄潭净水出燕然，千年洗礼铁雄关。

高庙门前碑可记，龙脉应该在成山。

挂云山 ①

秋风飒飒草芊芊，陡壁惊鸿一仞间。

天推杰作迎面出，随人指是挂云山。

2016 年 7 月

---

① 挂云山：地处燕山山脉东段，是迁安市第二高峰。

归山谣（五首）

一

大石河畔草青青，山光云影画中行。

游鱼乖巧知来客，摆尾纷纷入地笼。

二

九月秋高云气开，骚子七八入山来。

蹒跚忘却身是客，妄唤亲亲添酒哉。

三

峰峦叠翠响林涛，残阳夕照爱如潮。

人生快意直如是，也叫光芒盈碧霄。

四

青岩高耸近罗仙，窃得玄功九转丹。

石河岸左英水界，半宿笙歌入玉盘。

五

残阳渐隐落西凹，万籁声消归短桥。

胸中若有书千卷，老去空山不寂寥。

2016 年 9 月

病中（二首）

一

疼痛难忍潜声嚎，几粒顽石闹老腰。

病至偏逢阴雨夜，鬼门关口又一遭。

二

患病方觉万事空，何来百算赚前程。

客住虚惊南天雨，平生幸有老妻同。

2016 年 12 月

过邯郸

四月驱车谋远程，电光石火伴六丁。

健行初试追龙术，油门一脚入山东。

2017 年 4 月

山居五韵

一

开怀最是在今春，半车用度出红尘。

客去空山谁做伴，不离不弃吾夫人。

二

月朗星稀北斗横，风动竹影瑟声声。

残酒不胜桂花液，昏昏欲睡玉蟾宫。

三

黑桑杏子正丰收，十里纵横香满沟。

月下谁敲木门响，提筅挎篮小虎头。

四

一墙竹影翠生生，几束繁花色渐浓。

时人不识个中曲，红颜偏爱君子风。

五

寻根问处在碧山，摘星曾上几层峦。

闲仨践履回头望，浮云已在脚下边。

2017 年 4 月

一墻沙彩翠生生，几束繁
迤逦濃时人不覺，頤中曲红顏
偏生苑子风

寻根問夏在碧山
摘星曾上幾層密
閒傳踐履回頭望
浮磊己在腳下邅

劉新國先生詩兩首

137

雅聚五章

一

闲庭院落百草花，达人雅事种桑麻。

数十年间曾记否，苦修得来富贵家。

二

城南往事说旧盟，为报家国苦用功。

严寒酷暑南窗下，终日琅琅读书声。

三

六旬未敢认高龄，赖有情趣贯胸中。

天年流转阴阳后，仍是庙街鬼灵精。

四

拔泥旧事意如何，风尘一渡即坎坷。

执手殷殷祝来日，四十年后再放歌。

五

律令循环大神通，青丝白发已证明。

仗义勤招兄弟伙，赶走无常再年轻。

2017 年 5 月

回山居（三首）

一

离山半月躲雨灾，院草荒荒欺花蕾。

灵雀争舌篱上闹，啾啾主人何去来。

二

寒光冷月暗复明，竹叶摇影动三更。

多情最是清凉夜，杜鹃谷里唤声声。

三

竹篱草舍艳纷纷，半庭花树出墙门。

塘前倒影花伞下，想是云山同道人。

2017 年 6 月

滇中行（二首）

一

前路迷迷大山高，车在行云海上漂。

此时身在天河岸，俗身无赖上九霄。

二

边城十月乱飞花，夕阳晚照玉纱纱。

离人饭后无多事，悠然踱入傣王家。

2017 年 11 月

论过往

当年健硕谋兴邦，经纶济世藐四方。

大将封刀惜老迈，空逐日影上高墙。

2018 年 11 月

半岛诗抄^①（八首）

一

行云半午落天涯，隔年又见旧时花。

客路青青居何处，神州半岛老霍家。

二

山环水绕路桥西，十里方田鸥鹭栖。

斜阳渐隐浮云近，幽人浪赋咏长堤。

三

细雨微芒绿渐危，新枝未比旧时肥。

百花寥落蔫蔫语，刚强只有三角梅。

四

月色如钩北斗横，风花浪影共凄清。

漫夜长思追往事，不快今生万不能。

五

鬼杖仙犁四道湾，风高浪涌湾相连。

夜仁滩头观海讯，雨打芭蕉不成眠。

六

远望层云接海平，鹰欺鹭阵唤声声。

只缘身在高楼上，欲助穷鸥不可行。

七

芦花漫漫草芊芊，曲径幽通第二湾。

渔人撒网捞日月，贩子守滩包满船。

八

金沙滩头云不开，青峰古洞半苍苔。

大将风流今已老，一轮明月照高台。

2018 年 12 月

海望

风送云接出玉盘，海韵帆樯共长天。

霹雳一声排浪起，搅动群鸥不下湾。

2018 年 12 月

林栋和诗：

遥致

且作神仙忘尘忧，面海无澜心自收。

凭空遥致翔云意，先遣诗童作伴鸥。

2018 年 12 月

老同学

少年同窗共一求，书声琅琅还未休。

待到春风吹暖树，万里扶摇再从头。

2020 年 12 月

隆兴寺 ①

携光挽日入隆兴，长揖再拜信虔诚。

恳求释迦移莲步，同走天涯济众生。

2021 年 10 月

---

① 隆兴寺：别名大佛寺，位于河北正定东门里，始建于隋开皇六年 (586)。

南行杂记：绝句篇（十三首）

题记：十月，秋高气爽，携妻自驾出行，从北京出发，驱车一路南下，行六日，已至海南。一路风景，如行画中，美不胜收，得诗数首，以记壮游。

一

十月含金量正高，驱车南下试宝刀。

此行一去八千里，兽骨鹰髓领独骚。

二

未出京城心已飞，缘报石门几度催。

庄中兄弟忒好客，每到巫山醉几回。

三

行云西向过桥头，石门宴饮酒独丢。

众好停杯莫高举，一盘香蟹半入喉。

四

山川美景正逢秋，花甲之年一壮游。

传檄已有兄接客，八百里处是郑州。

五

大气磅礴古韵稠，人文经典满城秋。

曾经五朝风水地，敢称中原第一州。

六

方家汤店百年声，麻香入口玉生津。

此行不惧天涯远，全赖诸兄待我情。

七

清晨打点出汉川，健行又过几重山。

忽闻前路瘟情急，直掠长沙奔湘潭。

八

久慕潇湘欲近边，金蛇狂舞路相连。

浮云乱点数峰出，行人指是九嶷山。

九

离湘入桂过韶关，十里云摇十里山。

空蒙只见风吹木，一重烟雨一重天。

十

山重水复日趱行，千里独驾废轻松。

接传前宿是梧州，出湘入桂第一城。

十一

三江水口三江流，白云山上白云俦。

一城入画破题出，八桂东守铁梧州。

十二

车交宝岛万象新，绿树浓荫村又村。

忽闻众友连环报，前路相迎是马军。

十三

清晨望海雾遮眸，椰树棕林鸟不休。

忽地风卷浮云去，日出东山岭上头。

2021 年 10 月

放马群龙卫朔牛
向来一洗收九有
地云之唤起大江头

衡国先生正腕
伟之
石墨

登黄鹤楼 ①

黄鹤楼高冲斗牛，山川气象一望收。

九省通衢黄金地，芸芸吃定大江头。

2021 年 10 月

---

① 黄鹤楼：位于湖北武汉武昌区，地处蛇山之巅，濒临万里长江，始建于三国吴黄武二年（223）。

赠老妻

题记：北地南来，一路奔波，微倦。忽一日，已至南海。仁岸观潮，偶感风讯，周身不调。妻用古法，擀背疗疾，效果甚佳。舒爽之余，口占一绝，是以记之。

擀背疗疾此又能，木旋杖转快如风。

元神归健清如意，又叫三姐成大功。

2021 年 10 月

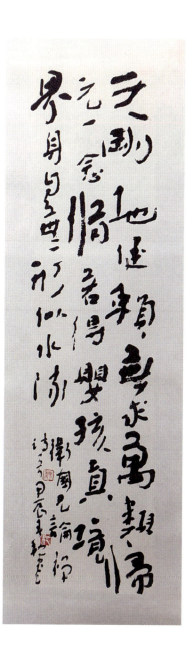

天则地道，玄览万类，则帝
元一念，惰者得婴孩真境，
界，身与之无形似水流

衡国元论仿
壬辰春杨起

论禅

天刚地健赖无求，万类归元一念修。

若得婴孩真境界，身自无形似水流。

2021 年 11 月

《无闲传》谋篇绝句 ① （八首）

初蒙

风流鬼手失心疯，偏将高妙入画屏。

谁言此妖无来历，家教初学是女红。

墨痴

日复日来年复年，纸醉眉惺墨不干。

平生最爱诗和酒，敢称天下第一癫。

---

① 无闲：周德，号老驴、无闲驴，著名书画家。

蹇驴

金身何处归元化，竹管松石四季花。

多情浪子三山客，生在冰城富贵家。

无闲

为践前生笔墨缘，春风秋雨不得闲。

趱行常遇坡沟路，跟头把式转流年。

废烧

苍鹰追远画风高，淡墨微瑕一炬烧。

偏生鬼才能自律，不枉人间走一遭。

喜红

老驴好色偏喜红，风流弄酒醉平生。

无形无相真龙子，溯源每每忆周公。

无类

前身定是徐文长，才高八斗性乖张。

总是春风怜践草，青藤一脉史凝香。

不群

超然物外远风尘，风花雪月数十春。

归途应在红河岸，菩提座下拜至尊。

2021 年 12 月

稷园秋韵（二首）

题记：癸卯白露，应班清河^① 兄之邀，往稷园雅集。时秋风正好，天高野阔，望竹林摇曳，荷花弄影，好不惬意，偶然得诗，以记雅存。

一

稷园妙韵入高秋，竹枝摇动上风头。

一塘莲子闹白露，波光云影画中游。

二

一汪净水洗当空，鱼动莲枝云上行。

回眸恐负荷花美，痴人独立小亭东。

2022 年 9 月 7 日

---

① 班清河：作家、诗人，稷园主人。

知易斋闲话（三首）

一

平凡正觉黄金桂，泛海无学莫探微。

不见泱泱丰都客，走马灯去几人回！

二

穷谋总为见高低，夺来争去命归西。

修行若到无所求，便是大罗真消息。

三

盛日登临日昭昭，一山又见一山高。

何如了却东风怨，随云向海走一遭。

2022 年 11 月

半岛杂记（六首）

一

牛头鼠尾又一年，挽月听涛混不堪。

何如分水龙宫去，揭鳞些许作诗笺。

二

温润真如二月春，棕枝榈叶半清贫。

一汪大水潮初动，乐煞天涯赶海人。

三

离天坎地阴阳观，来来去去两难全。

隆冬一季游方好，绿绽穷枝即北还。

四

夕阳晚照静无声，只将博大示海空。

偏得若些好诗句，不叫烟雨负平生。

五

山影朦胧月半开，惊涛拍岸鬼萦怀。

无良老屁寻沙走，万幸牛娃戏水来。

六

曾经梦海登蜃楼，追风逐浪还未休。

何当心事共明月，冰轮独照远帆头。

2022 年 12 月

登东山岭① （四首）

一

为报神州草木新，犹学俊鸟入高林。

年年煮酒烹诗句，不负东山一片云。

二

千回百转九丹功，万喜今朝有不同。

为正慈航登云路，绝尘一去鉴平生。

---

① 东山岭：位于海南万宁境内，因三峰并峙，形似笔架，又叫笔架山，素有"海南第一山"之称。

三

兀岩窄道路生苔，龛炉香烬暮云白。

偏生此岭多鸣鹤，沽名老汉今又来。

四

最爱东山无两空，云阶初上雾迷蒙。

蹒跚日头忽一揽，雾散云开鸟不惊。

2023 年 2 月

聚泰山（三首）

一

五岳朝宗冠泰山，跃上葱茏十八盘。

纵横千里英雄地，追溯穷荒到史前。

二

昔年曾咏岱岳诗，青春有悔拜山迟。

浩气吞宏怀杜甫，千秋万载两行诗。

三

呼兄唤友步蹒跚，年交六五强登山。

百鸟迎风鸣野壑，健行追远上云端。

2023 年 4 月

又聚泰山（二首）

一

岱宗浩气不可追，苍鹰展翅入云飞。

众星齐聚高山脚，浓情堪表绝轻微。

二

彩云追月夜斑斓，千里疾驰朝泰山。

相逢对饮三杯酒，真情无假告罗天。

2023 年 4 月

聚泉城（二首）

一

又聚泉城语纷纷，军容豪壮酒半醺。

应是家国情未了，舍生忘死是初心。

二

总是相逢嫌日短，离离合合两难全。

宜将点滴凝诗话，好叫茶余饭后传。

2023 年 4 月

威海钓寄于支队 ①（二首）

一

背山面海一帆轻，偶学矶钓拜大兄。

连竿不是家什好，只缘将军会用兵。

二

解甲归田意如何，船坚出海斩获多。

十年沙场青锋在，宝刀未老不需磨。

2023 年 4 月

---

① 于支队：于建华，军旅出身，大校军衔。

向海行

离京向海觅真如，归期未定待伏出。

问君谁解此行意，半箱诗稿半箱书。

2023 年 7 月

宿海阳^①（二首）

一

乘风无意到海阳，真情约起客仙庄。

茶道殷殷谁为主，招虎山前一老张。

二

闻听招虎山^② 上石，半隐半显半由之。

才过前湾看云起，一程烟雨一程诗。

2023 年 7 月

---

① 海阳：位于山东半岛东南部，东临乳山、牟平，西接莱阳，北连栖霞，
南濒黄海，西南隔丁字湾与即墨相望。
② 招虎山：位于山东海阳境内，因空中俯瞰山形似虎而得名。

客居山东与诸友闲话刀郎事（三首）

一

当年落荒急如狗，忍看獠牙却主流。

卧薪尝胆恨未休，十年一剑鬼封喉。

二

也曾罗刹国中走，蝇营狗苟闹不休。

可怜一身英雄气，常伴污泥浊水流。

三

刀郎真有旷世才，能将数字助聊斋。

新曲唱遍五大洲，骂尽天下狗尿苔。

2023 年 8 月

秋分雅聚（二首）

一

深情款款戏中人，红尘本相说践身。

花开应做惜春客，莫待云遮无处寻。

二

青春远去性难迁，一怀幽梦走流年。

长街旧梦应有我，卿卿故事满城南。

2023 年 9 月

重阳

登临远望乱蓬蒿，秋风无语白鬓毛。

问君皮囊消几许，精神矍铄九重高。

2023 年 10 月 23 日

秋意

远望空山思旧游，乌轮独照走白头。

莫恋浮云徒增恼，飘然一叶已知秋。

2023 年 10 月

为贤丰居士题画^①（二首）

一

贤丰居士画桃梅，一枝清瘦一枝肥。

瘦如飞燕掌中舞，肥润无骨似贵妃。

二

南极真君度平凡，移来佳木济人间。

蟠桃本是仙家物，随缘得寿三千年。

2023 年 11 月

---

① 贤丰居士：李志刚，号贤丰居士，画家。

梦江南

树影婆娑风号寒，鸟倦西窗半入眠。

雪压穷枝乱云低，囫囵一梦到江南。

2023 年 12 月 7 日

蜡梅

漫天飞雪百丈危，客身单调走如飞。

草木凋零无颜色，迎风傲骨是蜡梅。

2023 年 12 月 12 日

悼李东民（二首）

一

前年约起未践行，只因瘟疫肆虐中。

常恨皮囊绊罗网，迷失东隅悔今生。

二

如雷贯耳老心惊，二十上位负盛名。

红都故事说不尽，天下谁不痛匆匆。

2023 年 12 月 24 日

岁尾揽月斋小聚（二首）

一

揽月斋中酒半醺，禅音妙语犹可闻。

问君平生几知己，满座新人复旧人。

二

乘风十里过三环，劲松桥左聚众仙。

揽月斋中无月影，一轮红日照高天。

2023 年 12 月 28 日

纳福回寄张道长① （三首）

一

红尘滚滚事无常，往复循环鸡犬忙。

何日清闲归道里，再拜罗天一炷香。

二

遥想当年过草桥，同寻宝境筑凌霄。

道影仙踪今何处？钟鼓楼南一庙高。

---

① 张道长：张凯，正一高道，什刹海火神庙住持。

三

白发徒增皱痕深，永夜良宵无处寻。

何如闭门勤打坐，好叫功课日日新。

2023 年 12 月 31 日

病中（二首）

一

烈焰烧天透重楼，新型冠状啃未休。

想去幽冥结草舍，奈何阎君不敢留。

二

天旋地转气如悬，南面躺平实不干。

笃信人间千百事，穷到极处是涅槃。

2024 年 1 月 13 日

早春杂咏（三首）

一

总恨当年读书少，江湖一去鸟风骚。

云卷西山观雨落，百花生处热情高。

二

缘到西南正早春，浓浓诗意满乾坤。

穿越贾奴窗前月，灼灼依然照古村。

三

春阳乍暖小荆芽，寒流回马冷如杀。

大房山麓多名士，诗酒峰头唱百花。

2024 年 3 月

谢杨师赐墨 ① （二首）

一

浓情盛意笔赳赳，黑白只在易中求。

字如美人频入纸，留与后世说风流。

二

三火闲暇抄我诗，踢斗铺毫半相知。

金殿若无玉皇旨，怎敢人间弄墨池。

2024 年 3 月

---

① 杨师：杨嬿，字怡人，笔名三火，著名书法家，以隶书见长。

闻林栋兄回京有赠

一

万里寻芳又一程，脚踢南斗踏六宫。

行吟广济别多累，心心念念总由衷。

二

大势涓涓细无声，天近八阳骨不松。

健行万里风追马，秒胜当年老黄忠。

2024 年 3 月 23 日

潮白河初夏（四首）

一

潮白根本在高丘，曲径东南复海流。

两河一汇八百里，良田万顷送行舟。

二

小立高堤一望亭，长河澹澹柳迎风。

几多闲情归钓叟，芦花深处鸟声声。

三

谁将瑶草助繁华，一路风尘一路花。

偶入长街闻村语，竟是前唐李王家。

四

潮白河畔日正中，两水向南复向东。

此时正沐风光里，神游八表万劫空。

2024 年 5 月 19 日

五古 WUGU

少年懷遠志初成朝試宗風從深

壑起趁雲何腳下生層林通高路俊鳥

相與行大道滋涵養峻極為吞雄

低嶽雄天下峻極造化来雲拘隱青

影霧展金帶開深林鎖奇秀斜逶

指至臺盛世朝東帝登臨以抒懷

登嶽詠懷二首

衛國詩迺仁書

登岱咏怀 ^① （二首）

一

少年怀远志，初成朝岱宗。

风从深壑起，云向脚下生。

层林通高路，俊鸟相与行。

大道滋涵养，峻极自吞雄。

---

① 岱：泰山，又称岱宗、岱岳，为五岳之首，位于山东中部，隶属于泰安。

二

岱岳雄天下，峻极造化来。

云拘隐青影，雾展金带开。

深林锁奇秀，斜径指天台。

盛世朝东帝，登临以抒怀。

2004 年 9 月

与林栋、新艇二兄游湖^①（二首）

一

雨后人影疏，联袂游碧湖。

素菊含新蕊，青藤缠老树。

窄桥观云逸，宽水近天都。

难得赋闲暇，虚怀道自出。

---

① 新艇：牟新艇，中国工合原秘书长、资深媒体人。

二

花径通别院，楼阁近远天。

高枝栖鹭鸟，平湖水生烟。

空旷游人绝，禅静浮云间。

悟得个中理，便为大罗仙。

2005 年 9 月

祝福会带队重走长征路 [1]

漫漫长征路，今人继往来。

百战开天工，血洒动地哀。

功盖千秋史，恩泽瀛万代。

君举红旗走，吾歌以壮怀。

2008 年 9 月

---

[1] 福会：孙福会，二级警监，人民公安报原副总编辑。

贺张轩小侄新婚志喜 ① （二首）

一

婚姻意如何，从此责任多。

鹰击独展翅，雏鸟筑新窝。

家风有延续，立业开先河。

天道常如此，应作大风歌。

---

① 张轩：友人之子，毕业于政法大学，现供职于北京市人民政府。

二

少年夸才俊，文章独出群。

家学多继取，效友冠三邻。

初成志超凡，思想日常新。

上林添锦绣，足可慰双亲。

2008 年夏

岁末喜老妻赋闲

今冬气晕好，十日九晴天。

心情如水静，万事得平安。

履职三十载，政绩冠城南。

功成未老时，提调复清闲。

快哉真如履，一步一欣然。

2008 年

寄张道长 ①

本是蓬瀛客，浮游在红尘。

少读经史籍，悟道修灵根。

偶入清虚境，玄音妙可闻。

半老知归命，一朴返天真。

2011 年 3 月

---

① 张道长：张凯，北京白云观道长，现为火神庙住持。

八月携妻女妍山湖小住（二首）

一

初入翠山里，遥遥草木新。

蛙鸣击水绿，候鸟哨高林。

短桥通云路，禅门意境深。

村老若相问，同是追梦人。

二

离城五十里，闲居在碧山。

孤窗迎晓月，露台接远天。

花香浸四野，蝶鸟绕身前。

快哉真快哉，身心归自然。

2010 年 8 月

再访平安寺 ①

清晨入山里，斜径绕前峰。

芳草半遮道，薄雾三五重。

空旷游人绝，唯闻鸟哨声。

忽觉有禅意，独听寺里钟。

2011 年 9 月

---

① 平安寺：位于北京昌平，始建于明代，距今已有四百多年历史。

夜思

夜半凉初透，折卷观太空。

茫茫星位迷，皎皎月独明。

繁华非本意，虚静得仙踪。

耕读复晚钓，回归大道中。

2011 年 9 月

南窗夜读寄王建国 ①

寂寞读评传，梁山近水泊。

纵横八百里，忠义虎狼窝。

征战鲜敌手，扶危济困坷。

野史多表记，穿越又如何。

山东及时雨，东北王建国。

前学古模范，后继有来者。

往顾多美誉，应作一首歌。

高风能致远，传与后人说。

2012 年 6 月

---

① 王建国：诗人，中国文促会原副会长兼秘书长。

祝雪狼部落书画展圆满成功

北国天渐冷，群贤聚上城。

名家多荟集，携时入盛宗。

笔动三江暖，墨浸黑土情。

浓浓一方地，千古唱大风。

2012 年 10 月 4 日

秋日山中行

路接云山外，风吹树影高。

清泉鸣野涧，乌轮映晚潮。

林深栖广类，猿壁陡如削。

盈盈一溪水，秋岸满蓬蒿。

2022 年 9 月 27 日

赠阿桐 ①

秋山空倒影，露水圈中行。

老迈多病身，何幸识阿桐。

相逢肩与齐，樽酒健如龙。

红尘一过往，豪情唱大风。

2024 年 2 月

---

① 阿桐：蒋桐，艺名阿桐，朗诵家。

五绝
WUJUE

自题

半世交游广，书海寻大根。

自诩等闲客，潇洒一俗人。

1998 年 11 月 8 日

登眺（二首）

一

山路多秋草，黄实挂满枝。

登临无限意，或可告君知。

二

少年觅奇路，登临多刺枝。

绸缪归物理，浩气待天时。

2009 年 10 月

七月觀海象大勢凌
遠方丈夫行天地間
作弄潮郎　觀海壬辰年夏

观海

七月观海象，大势接远方。

丈夫行天地，当做弄潮郎。

2012 年 7 月 18 日

偶成

村左断桥西，缺月照疏篱。

空山新雨后，直叫清如许。

2012 年 7 月 23 日

禅悟

题记：九月，乘机飞往烟台，望空中幻景，顿有所悟，偶然得诗，以记正觉。

登临日当午，随机入太浮。

快乐云海中，冥冥已知处。

2012 年 9 月

十月季

十月暖阳里，相邀思远谋。

不敢等闲去，恐负一城秋。

2012 年 10 月

饮酒诗（二首）

一

平生有诚信，细想少知音。

浓浓一沽酒，殷殷独敬君。

二

风华俱往矣，心绪永怀之。

三杯糊涂酒，百感数行诗。

东山谣（七首）

一

岭上多蔓草，藤花逐壁开。

盈盈一锄妇，疑是鲍菇来。

二

岭峻藏飞鸟，浮云任去还。

最羡山居客，春秋不记年。

三

海外有桃源，仙家好往顾。

丹灶时已冷，独留会心处。

四

钦佩李相国，尤惊老僧语。

天不灭忠良，东山能再起。

五

险处观潮讯，龙君变化来。

亭石留佐证，一腚落痕胎。

六

清晨入云阶，薄云障前路。

浑然见日影，已然最高处。

七

若说东山岭，必讲东山羊。

不长此山中，何来美名扬。

杂咏（三首）

夜读

窗前数株木，栖鸟咕叽咕。

停书展倦眉，飞雪路见无。

天择

女人不梦须，男人不梦产。

阴阳各有司，天性履其然。

静坐

新月悬屋角，北斗挂楼西。

身无半染尘，心固一灵犀。

2023 年 12 月 10 日

席亚兵 ① （二首）

一

川办初试酒，豪情满前厅。

盛名实不负，骚坛一亚兵。

二

夜读撩书目，临窗无俊文。

展卷忽惊喜，踢斗妙诗论。

2023 年 12 月

---

① 席亚兵：著名诗人。

樊杰[①]（二首）

一

樊杰鬼小弟，勤如五更鸡。

化名呼季羽，一振与天齐。

二

流年无累过，皓首故人稀。

见君思戴杰，何处再依依。

2023 年 12 月

[①] 樊杰：新锐诗人，收藏家。

无题

惊雷震飞鸟，天罗罩猛禽。

问君几多累？富贵平常心。

2024 年 1 月 16 日

词
CI

蝶恋花

四十余年颠与狂，家国情重，铁笔著文章。经年无意负群芳，残梦惊魂鬓染霜。

少曾悟道求金榜，书破万卷，携侣踏湖江。浩茫心宇托何处？拜上灵山一炷香！

2003 年 6 月

临江仙

曼妙清纯何处也？苦夏过后秋声。沙路漫漫我独行。影暗窗寒，一意为成功。

经年几人共语？盘桓去，浪慕虚荣。红尘雾重未分明。夕阳渐渐，问哪来上层！

2017 年 11 月

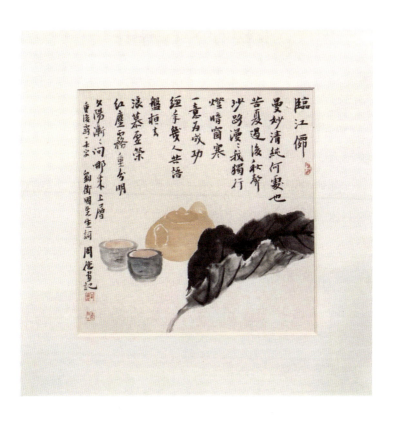

临江仙

叟妙清纯何妥也
苦夏過後∼秋聲
沙路漫∼我獨行
燈暗窗寒

一意為成功
錘手箋人共語
盤桓去
滾蒸墓坐笑
红塵∼雲紗∼重分明

夕陽漸∼詞那朱上層
重陵蔚∼未宏
劍衛國先生∼詞
周儁畫記

243

玉楼春·石梅山

石梅山树深淼淼，满目青障风吹草。徐行款款寂无人，却是春宵醒来早。

前晚偶过西边道，信手抛竿湖中钓。花团锦簇还未休，夕阳烈烈似火烧。

踏莎行·山中

云水流清，石梅山户，小住携妻相与共。窄路弯途拥翠侣，更借重千年古榕。

是处仙居，前缘早定，那容易别个堪比。朝朝含笑复闲闲，人间欢乐真如许！

鹧鸪天·日黄昏

流光焰焰日夕悬，风吹云影过前山。闲庭路近临池水，欲钓龙孙助我眠。

高举手，轻抛杆，神通一念胜枯禅。最信人间沽海客，激情尤然是少年。

浣溪沙·得乐

持杆晚钓向湖行，微波荡漾鸟朦胧。夕阳西下照无名。

为窥鱼游拨草屑，风吹云影入山空。新竹一片玉峥嵘。

卜算子·散步

　　脚踏南坡尘，杖敲北坡土。树影婆娑不见月，斗暗山如虎。

　　努力向前行，弯道三四五。过桥左转遇古榕，又是宽宽路。

鶴影兆鴻閑時水中尋

常見拋竿晚釣小艇爭

無憾望湖欄雲多已惜

鳥呎嘯雲追月青山坐隱

撒手清歡　點絳唇一首

劉衡國詩句選錄　迺徐立新

点绛唇·清欢

　　鹤影飞鸿，闲时水中寻常见。抛竿晚钓，小获争无憾。

　　望湖栏处，正倦鸟呢喃。云追月，青山半隐，撒一片清欢。

后记：诗心无悔天地间

历经十年，拙著《避庐诗草》终于付梓，这对于一个从事文字工作多年且提倡诗化生活的我来说，也算是完成了一件正事。回顾往昔，数十年的风雨兼程和随缘可诗的人生经历，又重新浮现在我的面前，使我本已渐渐平静的内心世界再一次波澜起伏，无法自抑。

我们生活在一个五彩斑斓的世界里，而诗歌就是用想象吟唱这多彩生活的灵雀，它无处不在，如影随形。

对于古体诗词，我并没有经过系统的学习和研究。父亲是一名医生，在那个图书匮乏的年代里，父亲书架上的医学书籍，几乎就是我课外阅读的全部。中医五行学说、黄文东医案、频湖脉诀、汤头歌、针灸学等著作，就是我韵文功底和做人哲学的基础。针灸学里的五要穴："肚腹三里留，腰背委中求。头项寻列缺，面口合谷收。胸肋若有病，速与内关谋。"《濒湖脉学》取脉法："浮脉，举之有余，按之不足。如微风吹鸟背上毛，厌厌聂聂；如循榆荚，如水漂木，如捻葱叶。"主病诗："浮脉为阳表病居，迟风数热紧寒拘，浮而有力多风热，无力而浮是血虚。"这些章句，行文流畅、用韵工巧，我至今还能背诵如流。细想起来，少年时代之所学，虽不能深究其意，但已根植于心，受益终生！

初中时候，我开始尝试着书写一些短句，很青涩、不成熟，又因年代久远，作品多已遗失，暂且忽略。但是，从那时起，我逐渐养成了乐于观察、见状联想的习惯。招朋聚友、敞开心扉、且歌且吟，这也许就是我前学古人，而后形成的人格特征吧！

20世纪70年代末期，受新诗潮影响，我曾经写过几年现代诗，并有诗集《男性的海》（合集）出版。那是一个既热情又充满希望的年代。读诗和写诗似乎成了那个时代进步青年的标配符号，所有的人都把对美好新生活的希望和愿景全部寄托在了诗歌里。记得我的一首名为《启明星》的诗中写有这样的诗句："我的帆／向着白昼伸展／用蓝天的浪／冲刷着夜、洗涤着黎明／我也在太阳的流光中／寻觅着我的岛屿／哪怕我的身影／在流光中消融。"另一首诗《黑龙潭印象》之二的结尾段："挑开乱草燃烧的典籍／大自然坦露出褐色的胸肌／供新生的世纪阅读／让季风吹散沉重的阴影／计历史来考证历史的生平／时代呵！正沿着斜刺云天的古道／攀上那条向天之路／在太阳船驶过的岸边／塑一群青铜的雕像。"可以说，这就是那个时代的固有特征，在我内心深处折射出的鲜明影像。

但是，尽管如此，我对于古体诗词的写作仍然情有独钟，边走边吟的习惯从来没有改变。

我于20世纪80年代中期进入新闻界。新闻采访、铁肩道义，又是一个全新的领域。几年时间里，不辞辛劳，上山下海，几乎跑遍了大江南北。而写诗则成了额外之事，职责所在，不敢偏移。只是偶有情愫，随笔记之，以娱身心。我赞成老友著名诗家朱小平兄的说法："余事做诗人。"

我写诗多不为发表，而是记事。想人生百年，终归远行。一切的人事过往，山川景色，都是不可或缺的宝贵财富，用诗歌这一特殊的形式来记录和表现，会使这笔财富更加形象、生动和真实。这也许就是我在行为准则上的别有用心吧！

我的行吟之路，确切地说是从退休之后开始的。神无旁骛，远离世争，将山川美景、人文圣迹尽揽胸中，好不快意。我诗云："修行若到无所求，便是大罗真消息。"喜山乐水，读书走路，诗意生活，不正是古代圣贤、饱学之士的一种追求吗？这又何尝不是一场且行且吟、逐歌而向的修行呢！

《避庐诗草》共收录拙诗三百余首，年代跨度二十多年。何为"避"庐？原意取自道家退、避、柔、敛而不争，即谦退之意。行吟天下、不论输赢、追求大爱、诗意人生，便是此书出版的真实目的。这在诸位兄台所作的序中已经得到了更好发微，非常感谢！

拙著《避庐诗草》书名，是由当代已故著名作家柳萌先生题写。先生在日，常牵念此事，殷殷之情，犹在眼前。《避庐诗草》的出版发行，亦是对柳萌先生的一种纪念和告慰。他的胸襟、为人，及助力后学、提拔新人的崇高精神，将永世流传。

在拙著成书过程中，得到了来自诸多至亲好友的大力支持和帮助，这使我真切地感受到了"大爱浓香满虚空"的无尘妙境，既有爱，又真实。我深深地感谢你们！

在这里，首先要再次感谢著名作家李林栋兄，感谢他一直以来对我的关心、爱护和帮助。我与林栋兄相交近半个世纪，可谓相知甚深。论过往，我们共同经历过很多人生的精彩阶段，在这里不一一赘述。我要说的是，如果没有林栋兄力促，《避庐诗草》的出版或许还会有待来日。更让我感动的是，他不辞辛苦，首校书稿，纠错建言，细致入微，功劳实堪一表。感谢林栋大兄为《避庐诗草》首序，使本书增色不少。甚谢！

我还要真诚感谢多年的至交好友丁文奎兄、倪林兄、班清河兄为拙著作序，妙语添香，永为流传。特别感谢好友舒乃仁、魏彪、杨嬿、周德等书画名家泼墨助笔，为本书创作插页。非常感谢！

《避庐诗草》书中的所有图片，皆为老友作家出版社原资深编辑王征兄所摄，一并感谢！

最后，我更要感谢本家族的所有成员，感谢你们在《避庐诗草》成书过程中的一切付出和努力，更要感谢你们一直以来对我无私的挚爱、理解与包容，你们的微笑、支持，永远是我前进道路上的力量源泉。我深深地爱着你们！

刘卫国

2024 年 6 月 5 日